KB245562

글 · 클라우디아 글리만
1995년부터 번역가로 일하며 영어로 된 책을 지금까지 50권 이상 번역했으며, 2010년부터는 직접 글을 쓰고 있습니다.
『나는 행복해』는 글쓴이의 네 번째 그림책입니다.

그림 · 스텔라 드라이스
1972년 불가리아에서 태어나 열 살 때부터 그림을 그리기 시작했습니다. 1984년에서 1990년까지 불가리아의 화가인 안토네타
치에트코바와 포포프스키 교수에게 그림을 배웠습니다. 현재 독일 하이델베르크에서 일러스트레이터로 일하고 있습니다.

옮긴이 · 윤혜정
대학에서 심리학과를 졸업하고, 독일의 대학교에서 독일어를 공부했습니다. 현재 독일 책을 우리나라에 소개하고 번역하는 일을
하고 있습니다. 옮긴 책으로는 『어디로 갔을까 내 이름은』, 『마녀할머니의 선물』, 『썩은 모자와 까만 원숭이』, 『강아지 주인을
찾습니다!』 등이 있습니다.

꿈공작소 ⑲
나는 행복해

초판 1쇄 인쇄 2012년 12월 14일   초판 1쇄 발행 2012년 12월 21일
글 클라우디아 글리만   그림 스텔라 드라이스   옮긴이 윤혜정

책임편집 김보현   책임디자인 황혜정

펴낸이 이상순   주간 서인찬   편집장 박윤주   기획편집 유명화, 김초희, 주리아, 강진원
디자인 유영준, 박희정   마케팅 홍보 김미숙, 이상광, 공경태, 김종열, 박순주

펴낸곳 (주)도서출판 아름다운사람들
주소 (413-756) 경기도 파주시 회동길 103   대표전화 031-955-1001   팩스 031-955-1083
이메일 books777@naver.com   홈페이지 www.books114.net

Paula ist glücklich
by Claudia Gliemann, Stella Dreis
Text©Claudia Gliemann, Illustration©Stella Dreis © 2012 Monterosa Verlag, Karlsruhe
All rights reserved Korean translation edition © 2012 by Beautiful People
Published by arrangement through Orange Agency, Seoul & mundt agency, Düsseldorf

나는 행복해

글 클라우디아 글리만 · **그림** 스텔라 드라이스 · **옮긴이** 윤혜정

아름다운사람들

이 아이는 파울라예요.
파울라는 매일매일 행복해요.

일요일이면 할머니는 모두를 위해서 요리를 해요.
파울라는 그때마다 할머니를 도와요.

그리고는 점심에 할아버지랑 식탁에 앉아서
감자에 버터를 발라 소금을 찍어 먹어요.

날씨가 좋으면 파울라는 밖으로 나가 데이지를 꺾어요.
데이지로 꽃반지도 만들고 꽃팔찌도 만들고 꽃목걸이도 만들어요.

그게 아니면 레나와 같이 민들레를 따 모아요.
그리고는 민들레가 물속에서 뱅글뱅글 도는 걸 구경해요.

비가 오면 파울라는 옆집 친구네 문을 두드려요.
친구와 함께 비옷을 입고 장화를 신고 물웅덩이에 폴짝 뛰어들지요.

그리고는 정원에서 흙장난을 하고
물이 흘러가도록 도랑을 만들어 줘요.

부활절이면 파울라는 언니랑 달걀에 그림을 그려요.
그리고는 알록달록한 달걀을 부활절 나무에 걸어 놓아요.

가끔씩은 엠마와 비눗방울 놀이를 해요.
아니면 그네에서 멀리 뛰어내리기를 하지요.

동물원에 가면 파울라는 딸기 아이스크림을 먹어요.
음, 정말 맛있다! 진짜 딸기 같아!

그리고는 기차를 타고 집에 갈 때 아빠 스웨터 속에서 캥거루 놀이를 해요.

가끔 파울라는 그냥 풀밭에 누워 있기도 해요.
햇살이 파울라의 코를 간질이는 동안 새가 지저귀는 소리를 듣지요.

때때로 파울라는 언니와 싸울 때도 있어요.

하지만 싸움은 금방 끝나요.
그리고는 서로 아무 일도 없었다는 듯이
다시 재미있게 놀아요.

파울라는 엄마 아빠와 길을 걷다가
천사야, 천사야, 날아라! 를 하곤 해요.

저녁이면 자기 전에 먼저 엄마와 뽀뽀하고 아빠와 뽀뽀해요.

그리고 곰 인형 프란츠를 품에 꼭 안고 포근하게 잠이 든답니다.

꿈을 이루는 우리 아이 성장 동화 〈꿈공작소〉 시리즈

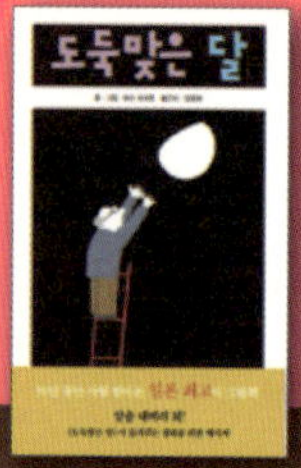

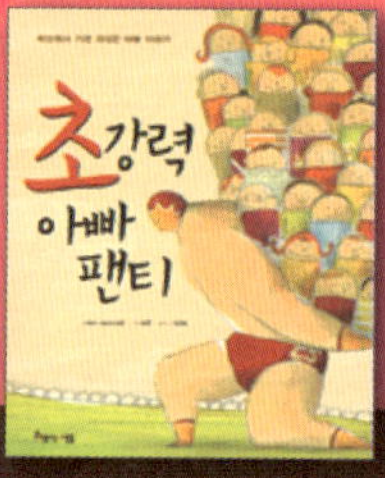

① 알몸으로 학교 간 날
타이―마르크 르탄 글 | 벵자맹 쇼 그림
이주희 역 | 9,500원

② 도둑맞은 달
와다 마코토 글·그림
김정화 역 | 9,500원

③ 두 발로 걷는 개
이서연 글 | 김민정 그림
9,800원

④ 초강력 아빠 팬티
타이―마르크 르탄 글 | 바루 그림
이주희 역 | 9,800원

⑤ 마음이 아플까봐
올리버 제퍼스 글·그림
이승숙 역 | 10,000원

⑥ 천재는 학교를 싫어해!
엘라 허드슨 글·그림
이승숙 역 | 9,800원

⑦ 날고 싶어!
올리버 제퍼스 글·그림
이승숙 역 | 12,000원

⑧ 저리 가! 짜증송아지
아네테 랑겐 글 | 임케 죈니히센 그림
박여명 역 | 10,000원

⑨ 사랑해 내 동생 로봇
M. P. 로버트슨 글·그림
이승숙 역 | 10,000원

⑩ 공주들의 반란
셸린 라무르 크로세 글
리즈베트 르나르디 그림
글공작소 역 | 10,000원

⑪ 엄마, 떼쓰지 않을게요
아네테 랑겐 글
도로테아 아크로이드 그림
박여명 역 | 12,000원

⑫ 입양아 올리비아 공주
린다 그리바 글
세일라 스탕가 그림
김현주 역 | 12,000원

⑬ 책을 좋아하는 아이
피터 카나바스 글·그림
이승숙 역 | 12,000원

⑭ 나는 아빠가 좋아요
넬레 무스트 글 | 미카엘 쇼버 그림
이상희 역 | 12,000원

⑮ 꼬마거미의 질문 여행
다이아나 암프트 글 | 마티나 마토스 그림
이상희 역 | 12,000원

⑯ 다 내 거야!
황위친 글·그림
남은숙 역 | 12,000원

⑰ 혼자 할 수 있어요!
파올로 프리츠 글·그림
이상희 역 | 12,000원

⑱ 나는 다른 동물이면 좋겠다
베르너 흘츠바르트 글
슈테파니 예쉬케 그림
박여명 역 | 12,000원

세계 최고 권위를 가진
프랑스의 라루스 과학백과

똑똑한 아이 만들어 주는 〈두뇌 계발〉 시리즈

① 색깔놀이 · ② 생각놀이 · ③ 계절놀이 · ④ 그리기 놀이 · ⑤ 과학놀이

알록달록 색깔 목욕탕
마스다 유코 글
하세가와 요시후미 그림
김정화 역 | 10,000원

생각하는 개 모코
마쓰시타 사유리 글·그림
정은지 역 | 10,000원

봄 여름 가을 겨울 계절을 알아요
아고스티노 트라이니 글·그림
김현주 역 | 12,000원

상상해서 그려요
안느 엠스테주 글·그림
글공작소 역 | 12,000원

마당에서 만나는 과학
리사 캠벨 어니스트 글·그림
김아림 역 | 12,000원

우리아이 첫 과학백과
이자벨 푸제르 글
멜라니 알라그 외 그림
김수진 역 | 18,000원

똑똑한 아이 낳는 시리즈

똑똑한 아이 낳는 태교 동화
글공작소 글 | 15,000원

똑똑한 아이 낳는 태교 명화
글공작소 글 | 18,000원

똑똑한 아이 낳는 탈무드 태교 동화
글공작소 글 | 17,000원

똑똑한 아이 낳는 아빠 태교 동화
글공작소 글 | 18,000원

35세 넘어 걱정없는 똑똑한 임신출산
요시미즈 유카리 글·나카야마 세쓰코 감수
황세정 옮김 | 18,000원